RECUEIL

DE

MORCEAUX DE CHANT

A UNE, DEUX ET TROIS VOIX

A L'USAGE

DES ÉCOLES NORMALES ET DES ÉCOLES PRIMAIRES

PAROLES

DE M. DELCASSO

RECTEUR HONORAIRE, OFFICIER DE LA LÉGION D'HONNEUR

MUSIQUE CHOISIE ET ARRANGÉE

PAR M. GROSS

MAITRE ADJOINT A L'ÉCOLE NORMALE.

TROISIÈME PARTIE.

DEUXIÈME ÉDITION.

STRASBOURG

DERIVAUX, LIBRAIRE, RUE DES HALLEBARDES, 29.

PARIS

DELAGRAVE ET Cie, LIBRAIRES,
rue des Écoles, 78.

HACHETTE ET Cie, LIBRAIRES,
boulevard Saint-Germain, 77.

1869.

RECUEIL

DE

MORCEAUX DE CHANT

A UNE, DEUX ET TROIS VOIX

A L'USAGE

DES ÉCOLES NORMALES ET DES ÉCOLES PRIMAIRES

PAROLES

DE M. DELCASSO

RECTEUR HONORAIRE, OFFICIER DE LA LÉGION D'HONNEUR

MUSIQUE CHOISIE ET ARRANGÉE

PAR M. GROSS

MAITRE ADJOINT A L'ÉCOLE NORMALE.

———

DEUXIÈME ÉDITION.

———

TROISIÈME PARTIE.

———

STRASBOURG

DERIVAUX, LIBRAIRE, RUE DES HALLEBARDES, 29.

PARIS

DELAGRAVE ET Cie, LIBRAIRES,	HACHETTE ET Cie, LIBRAIRES
rue des Écoles, 78.	boulevard Saint-Germain, 77.

1869.

STRASBOURG, TYPOGRAPHIE DE G. SILBERMANN.

AVANT-PROPOS.

Nos deux premiers cahiers ont reçu dans les écoles un accueil qui a dépassé notre attente. Bon nombre d'instituteurs, en nous remerciant d'avoir mis à leur disposition les chants scolaires de l'Allemagne, nous ont fait savoir que leurs élèves les avaient si rapidement appris qu'un supplément devenait indispensable. C'est pour répondre à ce vœu que nous donnons au public ce troisième recueil dérivé des mêmes sources que les précédents et animé des mêmes inspirations religieuses, morales et littéraires.

L'Éditeur.

PRÉFACE

Les procédés à suivre pour l'enseignement du chant dans les écoles primaires, et les conditions d'une bonne exécution, sont exposés dans les préfaces des deux premières parties de ce Recueil. Ici nous nous proposons d'énoncer les principes du chant en général, et nous en déduirons des exercices pratiques pour les élèves-maîtres des écoles normales.

Ces principes nous les formulons dans les cinq propositions suivantes :

A. *Le chant est une langue vivante.*

B. *Les procédés pour l'étude du chant doivent être ceux que l'on suit pour les langues vivantes.*

C. *Quels sont ces procédés et comment s'appliquent-ils au chant?*

D. *Le solfége enseigne le chant comme une langue morte.*

E. *L'exemple du maître alternant avec les exercices de solfége et de grammaire musicale constitue, pour les adultes, la seule bonne méthode de chant.*

F. *Exercices pratiques.*

A. Le chant est une langue vivante.

Cette proposition si simple a cependant besoin d'être élucidée, car jusqu'à présent l'on a, sauf quelques exceptions, traité l'enseignement du chant comme celui d'une langue morte, et l'on ne comprend pas encore aujourd'hui que cette voie fausse nuit à la véritable culture du chant.

« Il semble ne manquer aux sons qui forment la parole que la per-
« manence pour faire un véritable chant.

« Le chant mélodieux et appréciable n'est qu'une imitation paisible et
« artificielle de la voix parlante ou passionnée.

« Dans le chant, la voix ajoute à la parole la modulation et la variété
« des tons » (Rousseau, *Dictionnaire de musique*).

« Le chant à ses racines à la fois dans le corps vivant et dans l'âme
« vivante » (Schwartz, *Méthode de chant*).

La justesse de ces définitions est facile à vérifier. Nous chantons le plus souvent avec texte français, c'est-à-dire avec la langue que nous parlons. Ce texte, en vers patriotiques, gais ou sérieux, exprime des sentiments de joie, de douleur ou de prière, que le chanteur met en évidence : 1° par l'étendue que parcourt sa voix, 2° par la durée calculée des sons qu'il produit ; 3° par les inflexions de force ou de douceur qu'il fait en chantant. C'est la langue ordinaire qu'il parle à ses auditeurs, aussi intéressés à comprendre les paroles prononcées qu'à jouir de la mélodie dans laquelle elles sont enchâssées. Car, si l'on ne comprend pas le texte, l'effet du morceau est en grande partie perdu. Le chant se compose donc de la langue vivante ordinaire par laquelle nous manifestons les sentiments de notre âme, et à laquelle, comme dit Rousseau, nous n'ajoutons que la permanence et la variété des tons.

B. *Les procédés pour l'étude du chant doivent être ceux que l'on suit pour les langues vivantes.*

Si telle est la nature du chant, la manière de l'étudier devra être la même que celle dont on se sert pour étudier un idiôme parlé ; la chose est évidente par elle-même. Le chant se compose, comme nous venons de le voir, de deux éléments intimement liés : 1° du langage que nous parlons ; 2° de la durée et des inflexions que nous y ajoutons ; la première partie, nous l'avons apprise d'une certaine façon et très-rapidement ; il n'y a pas de raison pour que nous n'apprenions pas la seconde par le même procédé avec autant de rapidité.

C. *Quels sont ces procédés et comment s'appliquent-ils au chant ?*

Chacun les connaît, ils sont mis en pratique sous nos yeux tous les jours, tant pour les enfants que pour les adultes. La mère dit à l'enfant qu'elle tient sur ses bras : voici papa, appelle papa ! et l'enfant, avec des articulations peu sûres d'abord, à cause de la faiblesse de ses organes, essaie de reproduire les sons qui ont frappé son oreille ; il finit par réussir. L'heureuse mère lui montre ensuite les objets qui l'entourent et les nomme ; l'enfant répète les mots prononcés ; elle lui parle en petites phrases, il répète toujours ; les actions se joignent aux paroles et les propositions s'étendent. L'enfant répète toujours, et si bien qu'en moins d'un an, à partir de l'époque où il a balbutié le premier mot, il s'exprime couramment et avec beaucoup de sens. Il parle comme il a entendu parler. Ce résultat si rapide a été obtenu par des moyens bien simples : on a prononcé des mots et l'enfant a répété ; on a parlé, l'enfant a répété encore et s'est ainsi approprié toutes les formes du langage en très-peu de temps. On dira que c'est là un véritable serinage, une manière d'instruire les perroquets. Il est vrai, nous tous nous avons été serinés de cette façon ; seulement entre le serin, le perroquet et nous, il y avait cette différence, qu'aux mots nous attachions l'idée des objets qu'on nous avait montrés, et quand on appelait *maman*, nous tournions nos yeux et nos bras vers notre mère, et quand on prononçait le mot *pain*, nous nous dirigions du côté de la miche ; tandis que l'oiseau répète machinalement l'air ou le mot qu'il entend.

Serinage est donc un mot tout à fait impropre ici pour qualifier ce procédé de transmission d'un idiôme parlé qui consiste à nommer, à faire répéter, à parler pour faire parler, et cela sans le secours de la lecture, de l'écriture, ni de la grammaire.

L'homme d'un certain âge, transplanté dans un pays dont il ignore la langue, se rend maître de l'idiôme étranger, de la même manière que l'enfant au milieu de son entourage. Les rapports continuels, le besoin de comprendre et d'être compris, inculquent rapidement à sa mémoire le sens des mots qui frappent son oreille, et en moins de six mois il s'exprime convenablement dans la nouvelle langue. C'est l'homme parlant à l'homme qui lui a appris à parler. Toute l'économie du procédé est là.

Constatons bien ce fait, que c'est l'homme parlant à son semblable, enfant ou adulte, qui transmet, par l'usage incessant, le langage qu'il possède à celui qui l'étudie, et cela sans livres de lecture ni grammaire. L'élève ne répète pas les paroles prononcées comme un serin, car son esprit y attache l'image des choses qu'il nomme, les actions que les phrases indiquent, les sentiments de l'âme attachés à certains mots ; il pénètre petit à petit le sens des tournures les plus compliquées et se rend maître d'un idiôme, par l'usage qu'il en entend faire.

Ceci étant établi sans conteste, comment appliquer le procédé à l'étude du chant ? Si c'est l'homme parlant à l'homme qui constitue le moyen le plus sûr et le plus rapide pour transmettre une langue vivante, le chant, qui est une langue vivante, doit se transmettre de la même manière : le maître chante devant son élève, et par son exemple lui montre comment il doit conduire sa voix pour exprimer les sentiments de joie, de douleur ou de prière. Le maître chante et l'élève fait comme lui pour apprendre à chanter.

Posons tout de suite nos réserves : nous n'entendons amoindrir en rien l'importance de l'étude de la notation ; nous la prisons très-haut ; nous voulons seulement montrer la place qu'elle doit occuper, les résultats qu'elle obtient et les limites de son efficacité. Ces réserves sont nécessaires, car nous voyons le péril qui nous menace en énonçant et en défendant notre proposition : on nous accusera de préconiser le serinage, mais cela ne nous arrête pas ; nous signalerons tout à l'heure l'abus qu'on a fait de ce mot. D'ailleurs, notre méthode n'est pas nouvelle, nous l'avons trouvée chez plusieurs auteurs.

« Le maître doit être bon chanteur, car seulement dans ce cas il « sera en état de communiquer aux élèves ce qu'on ne peut leur ap« prendre qu'en chantant devant eux.... Les chanteurs seuls forment « des chanteurs » (E. Luck).

« Il faut que le maître soit chanteur, pour qu'il puisse servir de mo« dèle à ses élèves » (Mettner).

« Les enfants apprennent à chanter comme à parler, à notre « exemple » (Rousseau).

Non-seulement les enfants, mais les adultes l'apprennent de la même manière ; en voici un exemple entre mille :

M. X., courrier de cabinet, homme déjà d'un certain âge, possède une belle voix de ténor, qu'il manie avec autant de goût que de justesse. Sa mémoire est excellente, il sait tous les airs remarquables des opéras de l'ancien et du nouveau répertoire, toutes les chansons de Béranger et une collection très-variée de romances. En chantant des airs tragiques, M. X. donne le frisson à son auditoire, et avec une romance sentimentale il le touche jusqu'aux larmes ; en un mot, c'est un chanteur accompli. Un jour, après avoir complimenté cet artiste-amateur, nous lui avons demandé par quelle méthode il avait cultivé son talent musical, par les notes ou par les chiffres ? M. X. nous a répondu naïvement qu'il ne connaissait pas toutes ces choses savantes, « je chante, « dit-il, comme j'ai entendu chanter au théâtre, aux concerts et dans « d'autres occasions, je ne connais ni note ni chiffre. »

Ainsi, M. X. a appris le chant comme on apprend une langue vivante ; au contact des artistes il a acquis l'expression pathétique propre aux mouvements passionnés de l'âme ; la légèreté et l'esprit avec lesquels se dit le couplet jovial, comme la grâce sentimentale qui fait le charme d'une romance. C'est en écoutant et en répétant que M. X. est arrivé à la perfection dans l'art du chant.

Mais c'est là du serinage, nous dira-t-on de toutes parts ! — Examinons de près ce mot quelque peu traître, avec lequel on a discrédité la méthode la plus rationnelle et la plus sûre. Seriner veut dire apprendre à un serin un air qu'on lui joue sur un instrument, air qu'on lui répète jusqu'à ce qu'il le redise à son tour sans se tromper. L'oiseau ne reproduit que des sons ; ce qu'il y a de tendre ou de pathétique dans la phrase musicale ne va pas à son intelligence ; aussi la répétition, si elle est exacte, reste-t-elle toujours monotone. En est-il de même quand vous chantez devant un élève et qu'il redit le morceau ? Évidemment non : votre imitateur comprend ce qu'il chante ; le texte éveille dans son esprit ou dans son cœur des sentiments qu'il traduit par les accents de la voix. Faites-lui entendre la *Marseillaise*, et vous verrez s'il reste serin à l'audition de ces terribles strophes et de ces périodes de feu. Cette qualification de serinage, appliquée à la méthode naturelle par laquelle on apprend une langue vivante, est par conséquent fausse en tous points, et ceux qui l'emploient se servent d'une expression vicieuse pour discréditer une chose excellente. Nous maintenons donc notre principe : pour enseigner le chant comme une langue vivante, il faut que le maître chante et que l'élève l'imite, qu'il fasse comme lui pour apprendre à chanter.

D. *Le solfége enseigne le chant comme une langue morte.*

On entend par solfége un cours gradué d'exercices de musique vocale, exercices abstraits de vocalisation ou de solmisation, basés sur les règles grammaticales de la notation. Or la notation, chiffres ou notes, est au chant ce que le langage écrit est au langage parlé. Examinons d'abord le rôle de ces deux derniers facteurs dans l'étude d'une langue vivante.

Un idiôme parlé, comme nous l'avons vu, s'apprend par l'audition et l'imitation des personnes qui parlent, et l'on acquiert l'usage d'une langue dans toute sa perfection, avec toutes les richesses de ses tournures et toutes les finesses de ses locutions, sans le secours de la lecture et de l'écriture, pourvu que les personnes de l'entourage parlent avec pureté et distinction. Vient ensuite l'étude du langage écrit, où l'on apprend comment les mots énoncés prennent un corps sur le papier, au moyen de signes de convention ou des vingt-cinq lettres de l'alphabet, qui représentent tous les sons, leurs combinaisons, leurs rapports, leurs mutations, en un mot toutes les règles de l'orthographe et de la grammaire. Cette étude, complément de la première, est nécessaire pour transmettre au loin le langage parlé par la correspondance littéraire et pour acquérir dans les livres, les connaissances que l'on n'a pas trouvées dans le milieu où l'on a vécu. Ainsi, dans une langue vivante, le langage parlé s'acquiert d'abord et très-rapidement ; le langage écrit ne vient qu'en seconde ligne.[1]

Voyons ce qui arrive si l'on cultive l'une de ces deux parties à l'ex-

---

[1] Ce principe, pratiqué dans la vie, est suivi dans l'instruction primaire depuis longtemps, et S. E. M. Duruy, par sa circulaire du 29 septembre 1863, lui a frayé la voie dans l'instruction secondaire : « La méthode à suivre (pour les langues vivantes) est ce que j'appellerai la méthode naturelle, celle dont chacun se sert en pays étranger : peu de grammaire.... mais beaucoup d'exercices parlés. »

clusion de l'autre. Un homme qui s'attache au langage parlé en négligeant le langage écrit, acquiert bien complétement l'usage de la langue, mais il reste ce qu'on est convenu d'appeler un ignorant, ne sachant ni lire ni écrire, et, par conséquent, pour notre siècle de lumière, un objet de dédain, auquel on fait en ce moment chez nous une guerre à outrance. Cependant il faut se défier de cet ignorant, car l'usage et les rapports quotidiens avec ses semblables lui ont appris une quantité de choses utiles de toutes sortes ; et très-souvent cet ignorant dicte des lettres avec une plus grande correction que ne saurait le faire maint collégien après avoir pâli de longues années sur les exercices de style; et il calcule plus rapidement de tête qu'un autre, qui emploie les chiffres. Mais enfin c'est un homme illettré qui ne sait pas représenter ses idées par l'écriture, ni prendre connaissance de celles des autres par la lecture.

Cultivons maintenant le langage écrit à l'exclusion du langage parlé, et constatons les résultats. Comment s'y prendre avec un enfant prêt à parler, vers l'âge de douze à quinze mois ?

Il faut lui présenter un tableau de lecture pour lui montrer les voyelles, puis les consonnes, ensuite leur réunion en syllabes et la formation des mots, afin qu'il apprenne à lire le français avant de le parler. Arrêtons-nous, nous sommes dans l'absurde ; le langage écrit ne saurait être étudié d'abord par les enfants pour arriver au langage parlé, la chose est impossible.

Pour les adultes cela se peut-il ? oui assurément ; mais dès qu'on en agit ainsi, la langue vivante devient une langue morte à l'égal du latin et du grec. En effet, les professeurs ne parlant pas ces deux idiômes, les élèves sont réduits à étudier le langage écrit seul pour arriver à l'intelligence des ouvrages que l'antiquité nous a légués. La langue vivante qui abdique sa faculté d'être parlée d'abord, rentre par conséquent dans la catégorie des langues classiques anciennes. Or devient-on facilement et rapidement maître d'une langue par l'étude seule de son langage écrit ? L'expérience est là pour nous instruire ; il faut six à huit ans au commun des mortels pour devenir capable de traduire convenablement les auteurs classiques et de faire un thème passable.

Six à huit ans, d'une part, pour le langage écrit, et six mois à un an pour le langage parlé, voilà le temps nécessaire aux deux procédés pour arriver à la pratique d'une langue. Les résultats obtenus dans les établissements d'instruction pour l'allemand, l'anglais, l'italien, etc., viennent à l'appui de ce que nous avançons. Les professeurs ne parlant pas aux élèves, ceux-ci n'apprennent pas à parler, l'enseignement est par conséquent le même que celui des langues mortes, se réduit à des exercices de grammaire et de traduction, et avec tout le savoir acquis en huit ans on arrive à faire tant bien que mal une version. L'étude du langage écrit seul assimile la langue vivante à la langue morte, met l'une et l'autre sur la même ligne, quant aux difficultés et au temps consacrés à leur étude.

Appliquons ces données au chant. Nous avons dit : la notation, chiffre ou note, est au chant ce que le langage écrit est au langage parlé. La connexion est évidente : le chant, langage vivant, a son langage sonore et son langage écrit, c'est-à-dire la notation qui représente le premier par des caractères tracés. Cultivons chaque partie séparément, à l'exclusion de l'autre, et voyons les résultats.

L'homme qui se borne à écouter les bons chanteurs, à les imiter, à égaler la perfection du modèle, apprend à chanter comme il a appris à parler, et nous avons cité plus haut un exemple d'où il ressort que de cette manière on peut atteindre la perfection dans l'art du chant. Mais l'artiste ainsi formé est un homme illettré ; il ne sait pas lire la notation, qui facilite l'étude des morceaux nouveaux, ni écrire les mélodies qui pourraient éclore dans son propre cerveau ; son éducation musicale est incomplète.

Si, au contraire, on ne s'exerce pas d'après l'exemple du maître par l'audition et par l'imitation pour s'attacher exclusivement à l'étude du solfége, on procède exactement comme ceux qui négligent le langage parlé dans une langue vivante et ne cultivent que le langage écrit seul ; on fait du chant une langue morte, dont on approfondit la lecture et la grammaire. Le solfége apprend à lire correctement la notation ; or entre lire les notes et savoir chanter il y a une énorme distance, comme entre lire l'allemand ou l'italien et s'exprimer couramment dans ces langues.

Ce fait, qui est une vérité d'expérience, cause souvent de la surprise aux meilleurs musiciens.

« Je ne comprends rien à ce résultat, nous dit un jour un chef de « musique très-distingué ; ma fille chante le solfége de Rodolphe d'un « bout à l'autre sans broncher, et si je lui mets sous les yeux un petit « morceau tout simple, elle est embarrassée et ne s'en tire pas, comme « si elle n'avait jamais chanté une note. »

L'un des plus zélés apôtres du solfége avec chiffres était bien aussi de l'avis que la lecture et le chant sont choses fort différentes. Un soir, au sortir d'un exercice, où la classe avait exécuté devant nous plusieurs morceaux à quatre voix, nous lui avons fait remarquer combien cette exécution était défectueuse.

« Ici on ne forme que des lecteurs, nous répondit-il ; ceux qui veu- « lent devenir chanteurs n'ont qu'à s'adresser au Conservatoire. »

Cet aveu est précieux ; notre interlocuteur reconnaissait de bonne foi que ses exercices n'apprennent aux élèves, jeunes et vieux, que la lecture et non le chant, pour lequel il faut d'autres maîtres avec d'autres procédés. En effet, savoir trouver d'après l'écriture musicale chiffrée ou notée une distance de tierce, de quarte, de quinte et les débiter avec toutes les modifications rhythmiques ou valeurs des notes, en y joignant encore les prescriptions dynamiques ou inflexions de force et de douceur, tout cela ne constitue pas du chant; ce sont des exercices abstraits, qui ne procurent pas à l'élève l'intelligence du plus simple morceau muni d'un texte. Ils sont d'un bon secours pour le maître, mais son exemple doit les précéder s'il veut éviter un long et stérile labeur, semblable à celui des élèves qui pâlissent pendant sept ans sur la grammaire anglaise ou italienne sans jamais entendre parler ces langues.

E. L'exemple du maître alternant avec les exercices de solfége et de grammaire musicale constitue, pour les adultes, la seule bonne méthode de chant.

En s'attachant uniquement à suivre l'exemple des bons chanteurs, et en négligeant l'étude de la notation, l'éducation musicale demeure incomplète ; en cultivant exclusivement le solfége, on reste étranger à l'art du chant. Il faut réunir ces deux moyens pour former un chanteur complet. L'audition et l'imitation d'abord, puis entremêlées d'exercices sur la notation.

Voici comment nous procédons avec les élèves de l'École normale :

F. Exercices pratiques.

1° Nous chantons le morceau devant les élèves qui écoutent et regardent pour prendre de bonnes habitudes d'ouverture de la bouche et de tenue ;

2° Les élèves répètent le morceau, texte et mélodie réunis, qu'ils tiennent en main ;

3° Ils chantent tous les couplets de la même mélodie, toujours les yeux sur la musique et battant la mesure. Nous les soutenons par un accompagnement d'harmonium ;

4° Chaque élève seul chante un couplet, pendant que les autres battent la mesure et suivent des yeux les notes pour observer à quelles distances sont marqués les différents écarts que fait la mélodie, et la durée qu'on accorde aux différentes formes de notes ;

5° Ils solfient le morceau ;

6º Ils chantent les intervalles de tout le morceau, deux à deux ou trois à trois, le doigt sur les notes pour bien graver dans la mémoire quels sons correspondent à telle ou telle distance marquée sur la portée par les notes ;

7º Ils comptent à haute voix les temps de la mesure et frappent sur le banc avec le doigt les notes du morceau en soutenant leur valeur ;

8º Les livres étant fermés, les élèves écrivent de mémoire le morceau ;

9º Des questions de grammaire musicale sont adressées aux élèves de manière à ce qu'ils trouvent toutes les règles dans les morceaux à l'étude ;

10º Après un certain nombre de leçons, on fait une dictée musicale à une voix, puis à deux voix, comme aussi l'on essaie la lecture à vue d'un morceau nouveau, avec accompagnement d'harmonium, puis sans accompagnement.

Les trois premiers exercices sont conformes au principe que nous avons posé de considérer le chant comme une langue vivante. Les candidats à l'École normale arrivent de la campagne, où ils n'ont guère entendu chanter correctement, et apportent une foule de mauvaises habitudes contractées à l'église, où de vieux chantres maltraitent fort le plain-chant. Il en est même qui, dans leur voix jeune, ont le timbre nasillard et chevrotant des vieillards qu'ils ont entendus et imités. La voix juste et correcte du professeur de musique chantant une mélodie courte et facile à retenir, est, pour les élèves-maîtres, un moyen souverain de se défaire des mauvaises habitudes contractées et d'en prendre d'excellentes concernant l'émission de la voix, l'ouverture de la bouche, la qualité du son ; toutes choses qu'ils ne peuvent pas trouver par eux-mêmes, mais qu'ils s'approprient facilement par l'audition d'une voix correcte.

D'ordinaire, quand toute la classe chante à l'unisson, tous les élèves suivent facilement, les faibles étant entraînés par les plus forts ; mais lorsqu'il s'agit de chanter seul, la timidité paralyse leurs moyens et les meilleurs sujets montrent de l'hésitation. C'est pour les aguerrir, pour donner à chacun individuellement l'habitude de chanter seul, que l'exercice nº 4 vient tout d'abord.

Les nᵒˢ 5 et 6 sont des exercices de solfége. Après avoir chanté le morceau avec texte, la difficulté que l'on rencontre en solfiant d'abord, disparaît complétement. Pour l'intonation des intervalles, chaque élève chante seul, et les autres répètent ou corrigent l'intervalle chanté. Cet exercice n'a plus rien d'aride, car les distances à prendre ressortent du morceau même ; ils ne sont pas abstraits et servent à consolider l'étude de ce dernier.

Le n° 7 est purement rhythmique et présente assez de difficultés ; mais les efforts faits pour les vaincre profitent d'abord au chant, ensuite au jeu de l'harmonium, si les élèves exécutent le morceau sur cet instrument.

La transcription de mémoire du morceau étudié est un excellent moyen de vérifier si les élèves ont suivi avec attention, et de graver profondément dans leur mémoire les intervalles figurés sur la portée.

Faire trouver d'après l'exercice n° 9 la règle grammaticale dans les exemples, c'est là le procédé par lequel la nouvelle école, fondée sur l'intuition, se distingue de l'ancienne école, qui énonçait la règle abstraite avec les exemples à l'appui. Pratiquer correctement, d'abord par l'usage, puis éclairer cette pratique par l'observation intelligente de ce que l'on fait et en tirer la loi générale, loi que l'élève définit lui-même, c'est une opération qui applanit singulièrement les difficultés de l'étude.

Enfin l'épreuve de la dictée et de la lecture à vue est pour le maître le moyen de contrôler les progrès des élèves, tout en formant leur oreille musicale.

Dans la composition de ce recueil nous avons eu en vue de fournir une certaine quantité de morceaux faciles, utiles au plus grand nombre de classes, et en même temps nous présentons des morceaux un peu plus difficiles pour les classes plus fortes. Dans ce cahier, comme dans les précédents, nous avons inséré une douzaine de canons dont l'étude facilitera beaucoup le chant à deux et trois voix.

École normale de Strasbourg, le 1er janvier 1867.

P. GROSS.

TABLE PAR ORDRE DES MATIÈRES.

SUJETS RELIGIEUX.

SUJETS MORAUX.

NATURE CHAMPÊTRE.

CONDITIONS DE LA VIE, OCCUPATIONS RUSTIQUES.

CANONS.

TABLE DES MATIÈRES PAR ORDRE ALPHABÉTIQUE.

RECUEIL DE MORCEAUX DE CHANT.

L'ANGE DE L'ENFANT.

Imité de l'allemand par M. Delcasso.

M. M. 112 = ♩

Mélodie de C. G. GLÆSER.

2.

De chaumière en chaumière
Portant ses pas amis,
S'il voit près de sa mère
Un fils tendre et soumis,
Il touche en riant son front pur
De son aile d'or et d'azur.

3.

A sa marche indécise
Il donne un sûr appui;
Qu'il folâtre ou qu'il lise,
Son ange est près de lui;
Il prête aux jeux un vif attrait,
A l'étude un plaisir secret.

4.

Sur sa bouche il se joue,
Il rit dans son regard,
Du bonheur sur sa joue
Il peint l'aimable fard;
Il vient sur son lit se poser
Et l'endort avec un baiser.

5.

Puissé-je en ma chambrette
Avoir ce doux gardien!
Viens, et sur ma couchette
Bel ange! veille bien!
Ah! viens, suis mes pas en tout lieu;
Je suis à toi, je suis à Dieu.

LES VENDANGES.

Paroles de M. Delcasso.

<table>
<tr><td>

2.

Déjà le jour pâle
Atteint de son hâle
Les gazons flétris ; *(bis.)*
Les nuits moins sereines
Recouvrent les plaines
De leurs brouillards gris. *(bis.)*

3.

J'ai dans mes vignobles
Des crûs les plus nobles
Les ceps alignés, *(bis.)*
Arbustes que j'aime
Et que j'ai moi-même
Plantés et soignés. *(bis.)*

</td><td>

4.

C'est moi qui dirige
L'essor de la tige
Et l'œil bien formé, *(bis.)*
Moi, sur la racine
Qui pioche et qui bine
Le sol bien fumé. *(bis.)*

5.

Çà, pour les vendanges,
Préparons vidanges,
Futailles et muids; *(bis.)*
Les feuilles jaunissent,
Les grappes rougissent
Et nos vins sont cuits. *(bis.)*

</td></tr>
</table>

NOEL.

Imité de l'allemand par M. Delcasso.

2.

L'étoile a brillé dans le ciel :
Chantons en chœur, chantons Noël ;
    O mystère ineffable !
Voyez accourir à la fois
Les sages, les pasteurs, les rois
    Dans une pauvre étable.

3.

Gloire au berceau d'un faible enfant,
Berceau fragile et triomphant
    Prédit par les oracles !
La terre émue à son aspect,
En tressaillant d'un saint respect,
    Se couvre de miracles.

4.

La cloche sonne, et dans les airs
Eclatent d'immenses concerts,
    A la grande nouvelle.
Les cieux chantent le nouveau-né,
Et Jéhova l'a couronné
    De sa gloire éternelle.

LE COR DANS LES BOIS.

Imité de l'allemand par M. Delcasso.

<table>
<tr><td>

2.

Concert charmant
Qui mollement
Court sous l'ombrage épais.
Tous accouplés
Et sons perlés,
Chants d'amour et de paix,
De paix, de paix !

</td><td>

3.

Que j'aime, au bois,
Ouïr ces voix,
Rêveur et sans témoin,
Suivant, pensif,
Le lai plaintif
Qui roule et meurt au loin,
Au loin, au loin.

</td></tr>
</table>

4.

Entendez-vous
Ces bruits si doux,
Flottants, mystérieux ?
Aux chants rhythmés
Des airs aimés
Mon âme monte aux cieux,
Aux cieux, aux cieux !

———

PARFUM DE L'INNOCENCE.

CANON A 4 PARTIES.

LES CIGOGNES.

Imité de l'allemand par M. Delcasso.

2.

Bois, champs, monts et cieux,
Recevez nos adieux;
Et vous dont le toit chaque été
Nous donne l'hospitalité,
Salut à vos chaumières
Si chères!

3.

Adieu bords aimés,
Fleuves accoutumés,
Prés verts dont les grands échassiers,
De leurs longs becs, de leurs longs pieds
Aimaient à fouler l'herbe
Superbe!

4.

Et vous, habitants
Des marais, des étangs,
Grenouille, lézard et serpent
Nageant, frétillant et rampant,
Adieu tribus fécondes
Des ondes!

5.

Partons et volons,
Rapides bataillons!
Mes sœurs, en cercle assemblons-nous:
Pour gagner des climats plus doux,
Ouvrons aux vents fidèles
Nos ailes!

MON ERMITAGE.

Imité de l'allemand par M. Delcasso.

2.

Entre les sculptures
De nos grands châteaux
Brillent les tentures,
L'or et les cristaux.
Leurs festins rassemblent
Les plus fins produits,
Et vingt lustres semblent
Embraser leurs nuits.

3.

Dans mon ermitage,
Où tout rit aux yeux,
J'ai le vieux ménage
De mes bons aïeux.
Mon buffet rustique
Luit de propreté,
Et ma lampe unique
Veille à mon côté.

4.

En mon cœur modeste
Vit la sainte paix :
C'est le pain céleste
Dont je me repais.
Quand viendra mon heure
M'appeler à Dieu,
Qu'un ami me pleure
Et me dise adieu.

VRAI BONHEUR.

Imité de l'allemand par M. Delcasso.

2.

Sous le toit béni
Où j'ai fait mon nid,
J'ai, pour élever ma famille,
Le soc, la bêche et la faucille,
Le regard du ciel,
Son lait et son miel.

3.

Le travail nourrit
Le corps et l'esprit ;
Il joint au pain qui nous fait vivre
Le savoir enclos dans un livre :
Etude et labour,
Double et saint amour !

4.

Travail et repos,
Chants et gais propos,
Au sein de nos humbles demeures,
Doucement partagent les heures ;
Ainsi le temps fuit
Sans trouble et sans bruit.

5.

Ni trop ni trop peu,
C'est ma loi, mon vœu.
Je bénis Dieu, dont la largesse
Me donne pour toute richesse
Des jours sans ennuis
Et de calmes nuits.

6.

Loin des vains désirs
Et des faux plaisirs,
J'oublie, au doux bruit des fontaines,
L'orgueil des fortunes hautaines
Sous l'abri sacré
De mon ciel doré.

LE CRICRI.

Paroles de M. Delcasso.

2.

De mon humble gîte
Démon familier,
En paix il habite
Sous notre foyer :
   C'est cricri,
   Mon chéri,
   Mon cricri.

3.

Muet il sommeille
Autant que jour luit ;
Le soir il s'éveille
Et chante la nuit ;
   C'est cricri,
   Mon chéri,
   Mon cricri.

4.

Quand senl je tisonne,
Le cœur en souci,
Son cri monotone
Me dit : me voici !
   C'est cricri,
   Mon chéri,
   Mon cricri.

5.

Avec grand mystère,
Au clair de mon feu,
Le doux orthoptère
Vers moi vient un peu :
   C'est cricri,
   Mon chéri,
   Mon cricri,

6.

Je vois ses deux ailes,
Son brun corselet,
Et de ses aisselles
Le jaune reflet :
   C'est cricri,
   Mon chéri,
   Mon cricri.

7.

Joyeux, libre et leste,
Sautille, follet,
Sous mon toit modeste
Qui t'aime et te plaît :
   Va, cricri,
   Mon chéri,
   Mon cricri.

LAISSEZ VOLER LES OISEAUX.

Paroles de M. Delcasso.

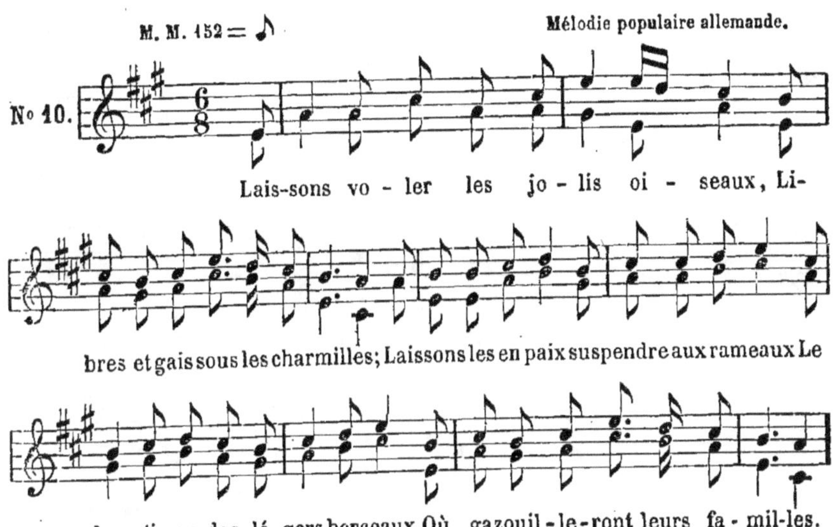

2.

Quand les petits, nus et frémissants,
 Briseront leur coque légère,
Amis, respectez leurs jours innocents;
 Ne touchez pas aux oiseaux naissants
 Blottis sous le sein de leur mère!

3.

Quand ils prendront leur vol, laissez-les
 S'ébattre joyeux au bocage;
Loin d'eux les lacets, la glu, les filets;
 Épargnez leur, pauvres oiselets,
 Le chat, la cuisine et la cage!

4.

Amis des fruits, des fleurs et des blés,
 Hôtes des greniers et des granges;
Des larves, des vers destructeurs zélés,
 Ils font la guerre aux brigands ailés
 Qui dévorent grains et vendanges.

5.

Peuplez sapins, chênes et bouleaux,
 Rossignols, pinsons et linottes;
Groupez vos accords, roulez vos solos;
 Au bruit des vents, des feuilles, des flots
 Mêlez vos soupirs et vos notes.

DÉPART DU JEUNE SOLDAT.

Paroles de M. Delcasso.

M. M. 88 = ♩   Mélodie de P. Gross.

N° 11.

2.

Beaux arbres qui m'avez couvert
De votre dôme frais et vert, (*bis.*)
Il faut quitter vos saints abris,
Adieu, je pars, arbres chéris! (*bis.*)

3.

De mes plaisirs, de mes travaux,
Gais compagnons, nobles rivaux, (*bis.*)
Loin de la paix de ce doux lieu
L'honneur m'appelle, amis, adieu! (*bis.*)

4.

Sur ton sein toi qui m'as bercé,
Aux labeurs toi qui m'as dressé, (*bis.*)
Je pars sous la garde de Dieu :
Bon père, bonne mère, adieu! (*bis.*)

5.

Parents, amis, bois, champs et fleurs,
Adieu, je pars les yeux en pleurs; (*bis.*)
Mais je vous garde amour et foi;
Je reviendrai, pensez à moi. (*bis.*)

BONNE NUIT.

Imité de l'allemand par M. Delcasso.

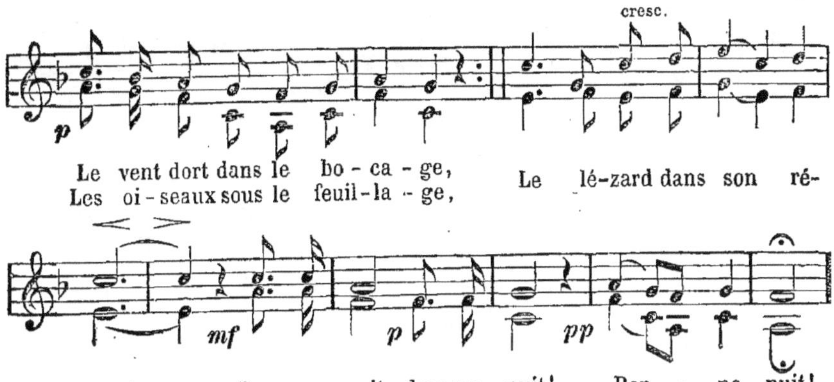

2.

Sainte paix! (*bis.*)
Sous l'abri des bois épais,
Sous les voûtes étoilées,
Sur les monts, dans les vallées,
Sous le chaume où je me plais,
Sainte paix! (*ter.*)

3.

Doux repos. (*bis.*)
Au pasteur, à ses troupeaux,
A l'étable bien fermée,
A la ruche parfumée,
Aux musettes, aux pipeaux
Doux repos! (*ter.*)

4.

Bon sommeil! (*bis.*)
Jusqu'à l'heure du réveil
Au bras fort qui bat l'enclume,
A la main qui tient la plume,
Loin du bruit et du soleil,
Bon sommeil! (*ter.*)

LE SOIR D'ÉTÉ.

Imité de l'allemand par M. Delcasso.

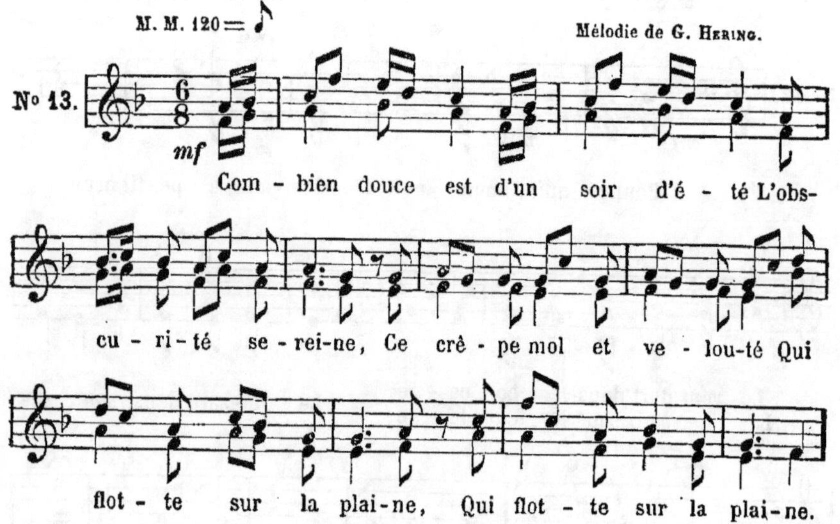

2.

La brise avec le jour mourant
Plus faiblement murmure,
Et son dernier souffle expirant
Se tait sur la verdure. (*bis.*)

3.

Tandis que la nuit à pas lents
Descend de la colline,
Le ciel de feux étincelants
Se peuple et s'illumine. (*bis.*)

4.

Et moi, devant l'immensité
Qui me charme et m'oppresse,
Je rêve à l'immortalité
Promise à ma faiblesse. (*bis.*)

LE SOIR D'ÉTÉ.

Imité de l'allemand par M. Delcasso.

M. M. 120 = ♪   Mélodie de G. Hering.

Nº 14.

Disposé
pour
trois voix
égales.

PRIÈRE DU COEUR.

CANON A 4 PARTIES.

A.   E. Gebhardi.

Nº 15.

LA VENDANGE.

Imité de l'allemand par M. Delcasso.

2.	3.
Jour de joie et de gala,	En disant de gais refrains,
Larifla, larifla,	Rlintintin, rlintintin,
De bon cœur on chantera,	Jeunes, vieux, à paniers pleins,
Larifla, rifla!	Rlintintin, tintin,
Sur les monts on s'en ira,	Viennent verser le raisin
La cueillette se fera,	Dans la cuve où bout le vin,
Larifla, tirlarifla,	Rlintintin, tirlintintin,
Larifla, larifla,	Rlintintin, rlintintin,
Larifla, tirlarifla,	Rlintintin, tirlintintin,
Larifla, fla, fla.	Rlintintin, tintin.

4.

Jour charmant qui nous rend fous	Chantons et régalons-nous
Au doux bruit des glousglous!	De piquette et de vin doux,
En buvant répétons tous :	Glouglouglous oui glouglouglous,
Glouglouglous, glouglous!	De vin doux, glouglouglous,

De vin doux, oui, glouglouglous,
De vin doux, glouglous!

L'ÉCHO DU BOIS.

Imité de l'allemand par M. Delcasso.

MM. 88 = ♩.

Mélodie de SCHULZE.

<table>
<tr><td valign="top">

2.

Dans leurs nids bocagers (*bis*)
Quand les oiseaux légers (*bis*)
De mille et mille gazouillis
Font résonner les verts taillis,
Tu nous redis leurs voix
Gentil écho du bois. (*quater*)

</td><td valign="top">

3.

Quand, sous l'effort des vents, (*bis*)
Les grands sapins mouvants, (*bis*)
De leurs sommets mélodieux
Élèvent les bruits jusqu'aux cieux,
Va, porte au loin leur voix,
Gentil écho du bois. (*quater*)

</td></tr>
</table>

4.

Sous les rameaux serrés (*bis*)
Des chênes révérés, (*bis*)
Mon cœur, vers le déclin du jour,
Adresse à Dieu des chants d'amour :
Va, porte-lui ma voix,
Gentil écho du bois. (*quater*)

MES TROIS CHIENS.

Paroles de M. Delcasso.

M. M. 108. = ♩   Mélodie de Bæbler.

N° 18.

<table>
<tr><td valign="top">

2.

C'est mon petit Azor,
Ma perle et mon trésor,
De fin poil blanc vêtu,
L'œil vif, le nez pointu.
C'est Azor par-ci, Finaud par-là,
Fingal par-ci par-là,
Par-ci, par-là,
Holà.

3.

Finaud, malin furet,
Est toujours en arrêt,
Et m'apporta souvent
Le perdreau pris vivant.
C'est Azor par-ci, Finaud par-là,
Fingal par-ci, par-là,
Par-ci, par-là,
Holà.

</td><td valign="top">

4.

Fingal, le jour, la nuit
Me protége et me suit;
Gare à qui toucherait
Au maître! il le tuerait.
C'est Azor par-ci, Finaud par-là,
Fingal par-ci, par-là,
Par-ci, par-là,
Holà.

5.

Tous trois, zélés, soumis,
Sont mes plus surs amis,
Prompts à lécher la main
Qui leur donna du pain.
C'est Azor par-ci, Finaud par-là,
Fingal par-ci, par-là,
Par-ci, par-là,
Holà.

</td></tr>
</table>

LE CARNAVAL.

Imité de l'allemand par M. Delcasso.

2

FANFAN SOLDAT.

Imité de l'allemand par M. Delcasso.

M. M. 100 = ♩

Mélodie de ROBERT SCHUMANN

N° 20.

KIKERIKI, COQUERICO!

LEVONS-NOUS DE BON MATIN.

Imité de l'allemand par M. Delcasso.

M. M. 176 = ♪

Mélodie de F. GLASNER..

N° 21.

2.

L'une court à son tricot,
L'autre amasse son fagot,
Paul rabote son sapin,
Nicolas pétrit son pain ;
Serruriers et maréchaux
Battent leurs fers s'ils sont chauds ;
Les moutons vont au pâquis
Au chant des kikerikis :
    Coquerico ! kikeriki !

3.

Malheur à qui fait dodo
Au bruit du coquerico !
Paresseux, réveillez-vous,
Et quittez vos lits trop doux !
Le sommeil sous l'édredon
Engourdit sens et raison :
Esprits mous, corps allanguis,
Debout aux kikerikis !
    Coquerico ! kikeriki.

PROMENADE SUR L'EAU.

Imité de l'allemand par M. Delcasso.

2.

Le jour qui se lève
Rougit l'horizon,
Caresse la grève
Et peint le gazon ;
La vague étincelle
De rais empourprés :
Va, glisse, nacelle,
Sur les flots dorés.

3.

L'agile hirondelle,
Autour du bateau,
Rase à tire-d'aile
La face de l'eau.
Le bois se réveille
Aux mille chansons
Qui charment l'oreille
De leurs tendres sons.

4.

Tandis que je rame
Déjà le soleil
Couronne de flamme
Son disque vermeil :
L'eau coule moins fraîche,
L'air souffle attiédi,
Le pré se dessèche
Aux feux du midi.

5.

Tout cherche l'ombrage,
Oiseaux et pasteurs ;
Tout meurt sur la plage,
Les chants et les fleurs.
Retourne, nacelle,
Et vire de bord :
Midi nous rappelle ;
Rentrons dans le port.

PROMENADE SUR L'EAU.

Imité de l'allemand par M. Delcasso.

LES VACANCES.

Imité de l'allemand par M. Delcasso.

<table>
<tr><td>

2.

Fi de la déclinaison
Et de la conjugaison !
Au diable le verbe actif,
Et le neutre et le passif,
Et le calcul décimal
Dont le nom seul me fait mal ! } *bis.*

3.

Bonsoir thèmes, versions,
Pensums et punitions !
Jouons et n'ayons pour lot
Que de conjuguer ce mot :
Oui, je, tu, il, nous, vous, eux,
Jouons tous à qui mieux mieux ! } *bis.*

</td><td>

4.

Les portes s'ouvrent, partons,
Courons, sautons et chantons !
Plus de tambour, plus de rang,
Plus de marches par le flanc !
Silence aux cours, au parloir,
Au réfectoire, au dortoir ! } *bis*

5.

Vacances au proviseur,
Aux professeurs, au censeur,
A l'économe, au portier,
Mais surtout au cuisinier !
Et que tous en liberté.
Soient gais de notre gaîté ! } *bis.*

</td></tr>
</table>

6.

Mais, après deux mois d'ébats,
Un peu longs pour les papas,
Tous les captifs rengagés,
Heureux sous leurs fers légers,
Trouvent au travail repris
Plus de charme et plus de prix. } *bis.*

LE FACTEUR RURAL.

Paroles de M. Delcasso.

<table>
<tr><td valign="top">

2.

Voyez dans sa cassette,
Comme il sait bien ranger
La lettre et la gazette,
La France et l'étranger.
Discret dépositaire,
Il tient dans ses casiers
Les actes du notaire
Et l'or des financiers.

</td><td valign="top">

3.

D'un pas leste il chemine
De la ferme au hameau,
S'arrête à la chaumine,
Un peu jase au château.
On l'aime, et sur la route
Il est partout fêté :
Parfois s'il boit la goutte,
C'est par civilité.

</td></tr>
</table>

4.

Il jette à son passage
L'avis du créancier,
Le triste et dur message
Du juge ou de l'huissier,
A la maman craintive
Qui baise le papier,
Il donne la missive
Du mousse ou du troupier.

LE GAMIN DE PARIS.

Paroles de M. Delcasso.

<table>
<tr><td>

2.

Souvent, loin de l'école,
Le long du boulevard,
Je flâne et caracole
Léger comme un hussard.
Turco, tirailleur ou bédouin,
Sans peur, sans reproche et sans soin,
Je flane et caracole
Sans reproche et sans soin.
Vive mon Paris joli, poli, fleuri,
Chéri !

</td><td>

3.

Nos squares, nos fontaines,
Nos quais si bien plantés,
Versailles et Vincennes
Sont nos propriétés.
Amis, pour nous on décora
Saint-Cloud, Boulogne et l'Opéra,
Versailles et Vincennes,
Boulogne *et cætera.*
Vive mon Paris joli, poli, fleuri,
Chéri !

</td></tr>
</table>

4.

La banque ou la sagesse,
La Bourse ou l'Institut,
L'étude ou la richesse,
Chacun choisit son but.
A nous, enfants de la cité,
L'esprit, l'audace et la gaîté,
L'étude et la sagesse,
L'esprit et la gaîté !
Vive mon Paris joli, poli, fleuri,
Chéri !

5.

Vieux-Louvre, Notre-Dame,
Palais, châteaux, hôtels
Révèlent à notre âme
Nos pères immortels.
Et nous, par des sentiers nouveaux,
Courons comme eux aux grands travaux !
La France nous réclame,
Courons aux grands travaux !
Vive mon Paris joli, poli, fleuri,
Chéri!

SOIS BON, SAGE ET PIEUX !

CANON A 3 PARTIES.

C. GLÆSER

PRENONS LE TEMPS COMME IL VIENT.

Imité de l'allemand par M. Delcasso.

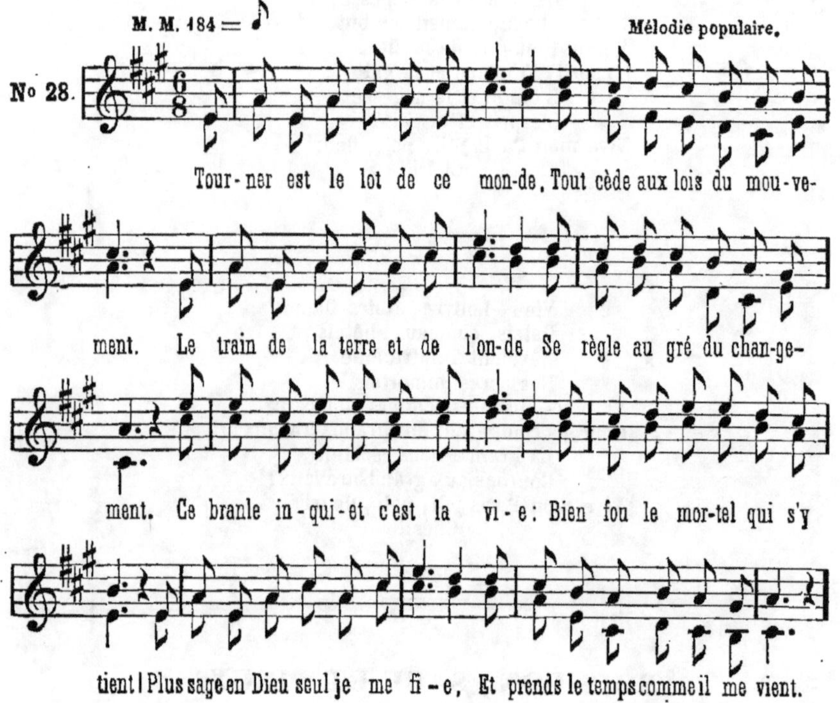

<table>
<tr><td>

2.

L'hiver sur la pâle nature
Étend son manteau de frimas;
Mais sous la neige et la froidure
Se cache un feu qui ne dort pas.
Partout il circule et féconde
Les germes que le sol contient.
Sur l'ordre éternel je me fonde
Et prends le temps comme il me vient.

</td><td>

3.

Aux moites chaleurs de l'automne
Succède le froid des hivers;
Aux monts que la neige couronne
Avril rendra leurs sommets verts.
Ainsi par ses métamorphoses
Ton œuvre, Seigneur, se maintient.
Il faut suivre le cours des choses
Et prendre le temps comme il vient.

</td></tr>
</table>

4.

Après le beau temps vient l'orage;
Le jour fera place à la nuit;
Santé, grâce, esprit et jeune âge,
Tout passe, s'écoule et s'enfuit;
Mais rien n'ébranle en sa constance
Le cœur que la vertu soutient.
Il met en Dieu sa confiance
Et prend le temps comme il lui vient.

ADIEUX A L'ÉCOLE.

Imité de l'allemand par M. Delcasso.

M. M. 80 = ♩   Mélodie de F. Glasner.

N° 29.

2.

Beau livre où j'appris à lire
La loi sainte du Seigneur,
Blanche table où pour écrire
Je siégeais au banc d'honneur,
Vert préau dont les ombrages
Protégeaient nos jeux rivaux,
Pour le monde et ses orages
Je fuis vos heureux travaux. (*bis.*)

4.

Vous, amis, qui de l'école
Comme moi quittez le port,
Gardez-vous de l'humeur folle
Qui se lance loin du bord :

3.

Et toi qui de la sagesse
Nous offris l'exemple pur,
Toi qui fus de ma jeunesse
Le bon maître et l'ami sûr,
Dans le rude apprentissage
Des vertus du citoyen,
Sois encor pour un autre âge
Et mon guide et mon soutien. (*bis.*)

On est bien dans la chaumière
Où vécurent les aïeux ;
Il ne faut quitter sa mère
Que lorsqu'on a clos ses yeux. (*bis.*)

MON CHIEN.

Paroles de M. Delcasso.

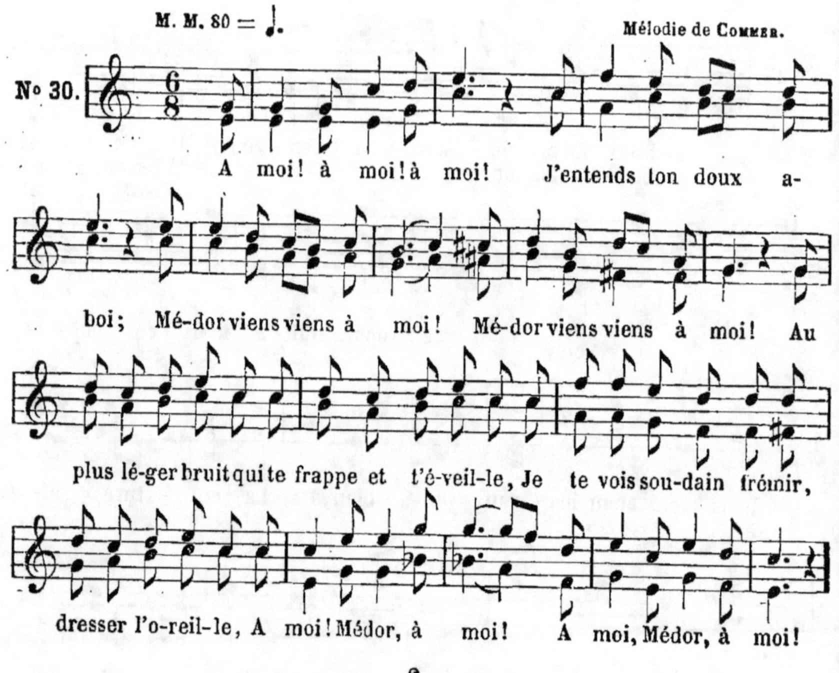

2.

Ici! ici! ici!
Toi, mon fidèle ami,
Ici, Médor, ici! (*bis.*)
Seul et chargé d'or, je vais me mettre en course:
Suis-moi, l'œil au guet, et veille sur ma bourse;
Ici, Médor, ici! (*bis.*)

3.

Holà! holà! holà!
Que vois-je et qui va là?
Holà, Médor, holà! (*bis.*)
Une ombre, là-bas, au bois vient d'apparaître:
Reste à mes côtés, et protége ton maître,
Holà, Médor, holà! (*bis.*)

4.

Tout beau! tout beau! tout beau!
Rentrons vite au hameau;
Tout beau, Médor, tout beau! (*bis.*)
Sans peur je reviens sous ta fidèle escorte,
Et dors en repos quand tu gardes ma porte.
Tout beau, Médor, tout beau! (*bis.*)

MON CHIEN.

Paroles de M. Delcasso.

L'ALLIANCE DES OUVRIERS.

Imité de l'allemand par M. Delcasso.

M. M. 72 = ♩   Mélodie de Mozart.

Nº 32.

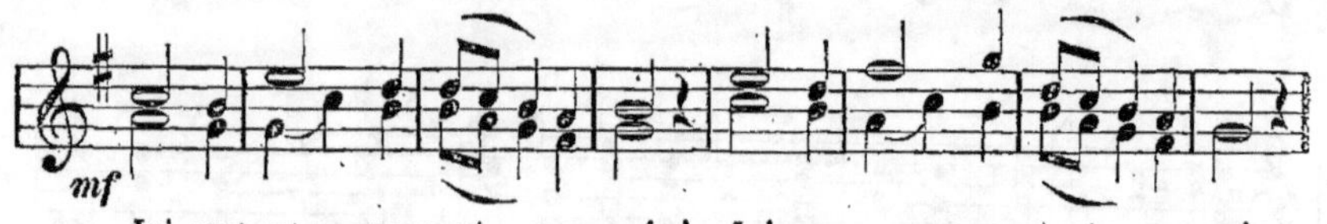

2.

L'homme, faible créature,
Seul courant à la pâture,
N'a qu'un jour sans lendemain ;
Nous, pour vaincre la fortune,
Frères, c'est la loi commune,
Donnons-nous un peu la main. (*bis.*)

3.

Aidons-nous les uns les autres ;
Si mes peines sont les vôtres,
Votre espoir sera le mien.
A l'accord tout nous convie :
L'union prête à la vie
Et son charme et son soutien. (*bis.*)

4.

Sous le faix des avalanches,
Les grands pins liant leurs branches,
Restent fermes et serrés.
Nous aussi, sous les orages
Enlaçons bras et courages
Contre les vents conjurés. (*bis.*)

5.

Dieu l'ordonne, il faut qu'on s'aime ;
Sous sa loi douce et suprême
Que nos cœurs soient confondus :
Fraternelle confiance,
Qui fait la sainte alliance
Du travail et des vertus ! (*bis.*)

L'ALLIANCE DES OUVRIERS.

Imité de l'allemand par M. Delcasso.

LA PROMENADE.

Imité de l'allemand par M. Delcasso.

2.

Debout, et vite, etc.
Je vois sur l'herbe et lés épis
Tremhler perle et rubis;
J'entends frémir la voix des vents
Sous les sapins mouvants, (*bis.*)
Tra la tra lera,
Sous les sapins mouvants. } *bis.*

3

Debout, et vite, etc.
Là-bas descend aux prés herbeux
Le grand troupeau de bœufs;
L'oiseau fredonne sur l'ormeau :
Chantons avec l'oiseau, (*bis.*)
Tra la tra lera,
Chantons avec l'oiseau. } *bis.*

4.

Debout, et vite, etc.
Lorsqu'on a respiré l'air frais
Des monts et des forêts,
Gaîment on rentre, et sans effort
D'un bon somme on s'endort, (*bis.*)
Tra la tra lera,
D'un bon somme on s'endort. } *bis.*

———

PAIX DU CŒUR.

CANON A 3 PARTIES.

F. SILCHER.

LE LOUP-GAROU.

Paroles de M. Delcasso.

2.

Tout le jour, dans le bois sombre
Il se cache on ne sait où ;
Mais, la nuit, glissant dans l'ombre,
Le vilain sort de son trou,
Hou hou hou, hou hou hou, *(bis)*
Le vilain sort de son trou.

3.

On dit qu'il a noir pelage,
Dents d'acier, œil de hibou.
Il jette à l'enfant peu sage
Ses dix griffes sur le cou,
Hou hou hou, hou hou hou, *(bis)*
Ses dix griffes sur le cou.

4.

Puis s'en va dans sa tannière
Le cacher comme un filou...
Veille bien sur moi, ma mère,
Car j'ai peur du loup-garou,
Hou hou hou, hou hou hou, *(bis)*
Car j'ai peur du loup-garou.

5.

Mon fils, on dit cette fable
Pour te rendre bon et doux.
Il faut être sage, aimable,
Mais sans croire aux loups-garoux,
Hou hou hou, hou hou hou, *(bis)*
Mais sans croire aux loups-garoux.

6.

De Dieu seul ayons la crainte :
Ses yeux sont ouverts sur nous.
Tranquille en sa garde sainte,
Moque-toi des loups-garoux,
Hou hou hou, hou hou hou, *(bis)*
Moque-toi des loups garoux.

LE CHANT DU DIMANCHE EN ÉTÉ.

Imité de l'allemand par M. Delcasso.

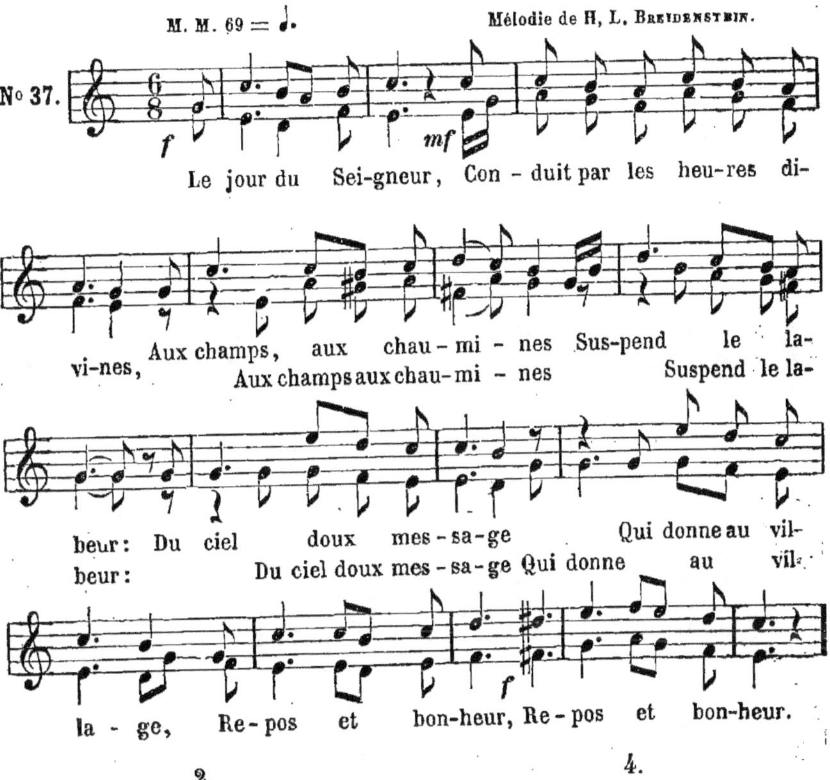

2.

Dimanche aujourd'hui
Sourit à nos moissons nouvelles ;
Bluets et javelles
Se tressent pour lui.
La douce espérance,
Signal d'abondance,
Au ciel nous a lui. (*bis.*)

3.

Salut, jour sacré !
L'église s'emplit de fidèles ;
Des fleurs les plus belles
L'autel s'est paré,
Et dans la nef blanche
Le chant du dimanche
S'élève inspiré. (*bis.*)

4.

Amis, bénissons
Le Dieu qui fait croître les herbes,
Qui couche les gerbes
Au bord des sillons !
A lui nos louanges ;
Il comble nos granges
De l'or des moissons. (*bis.*)

5.

Dimanche, en partant,
Nous dit : « Mes enfants du courage !
« Portez à l'ouvrage
« Cœur libre et content.
« Déjà lundi brille ;
« Prenez la faucille,
« Le blé vous attend. » (*bis.*)

POUR LA RÉCEPTION D'UN INSTITUTEUR.

Imité de l'allemand par M. Delcasso.

2.

Ta chère école est un parterre agreste
Mêlé de fleurs, de ronces et d'épis ;
Mais tes bons soins, cultivateur modeste,
De ce jardin feront un paradis ;
Du jardin, du jardin, feront un paradis.
　　Aimable et doux,
　　Ah! viens à nous
　　Et sème en notre cœur
　　Savoir, vertu, sagesse, honneur ! (*bis*.)

3.

Père attentif à tout ce qui nous touche,
De nos devoirs tu sais charmer le cours :
Aux vains propos tu fermes notre bouche,
Et notre cœur aux dangereux discours,
Notre cœur, notre cœur, aux dangereux discours.
　　Aimable et doux,
　　Ah! viens à nous
　　Et sème en notre cœur
　　Savoir, vertu, sagesse, honneur ! (*bis*.)

4.

Prince indulgent et pour toi seul sévère,
Sur tes sujets tu règnes par l'amour.
Dans ta bonté si nous trouvons un père,
Nous saurons bien te payer de retour ;
Nous saurons, nous saurons te payer de retour.
　　Aimable et doux,
　　Ah! viens à nous
　　Et sème en notre cœur
　　Savoir, vertu, sagesse, honneur ! (*bis*.)

OUBLI DU MAL, MÉMOIRE DU BIEN.

C. GLÆSER.

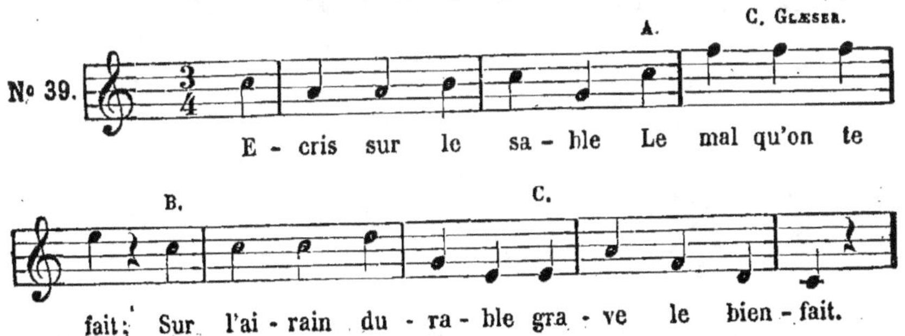

MA CHATTE BLANCHE.

Paroles de M. Delcasso.

M. M. 88 = ♩. Mélodie de Fr. Glasner.

N° 40.

2.

Que son petit chat la réveille,
Ouvrant l'œil à demi,
Et, tout-à-coup, dressant l'oreille,
Alerte elle a frémi.
Avec le jeune et gai matou
Qui saute et la lutine,
Mimi gambade et fait joujou :
C'est Mimi, mon bijou,
Mimi miaou,
Ma chatte blanche et fine,
Mimi miaou,
C'est Mimi, mon bijou.

3.

Regardez-la leste et proprette
Errer dans la maison :
Elle est vraiment pour ma chambrette
Un familier démon.
Viens, mon trésor, mon cœur, mon chou,
Avec ta gente mine,
T'asseoir un peu sur mon genou ;
Viens Mimi, mon bijou,
Mimi miaou,
Ma chatte blanche et fine,
Mimi, miaou,
Viens, Mimi, mon bijou !

VRAIS AMIS.

CANON A 4 PARTIES.

F. HILLER.

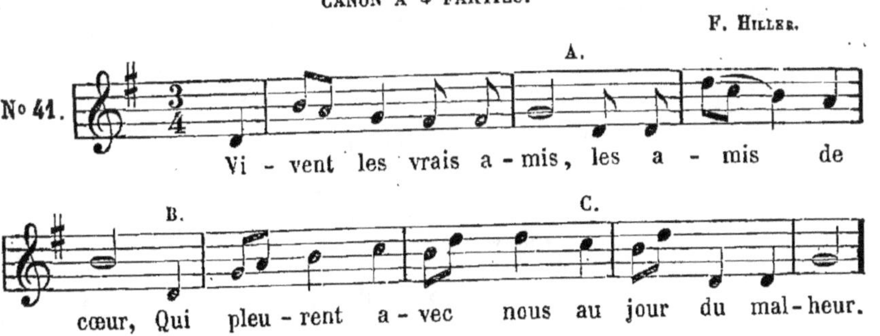

LES VERS A SOIE.

Paroles de M. Delcasso.

2.

Dans vos œufs gris vous qui dormez,
Gentils artisans en graine semés,
Brisez votre coque et sortez, mes vers,
Il faut s'éveiller, les mûriers sont verts ; (*bis*)
Sortez de vos œufs, mes vers,
Il faut s'éveiller, les mûriers sont verts ;
Sortez, les mûriers sont verts.

3.

Je vois s'enfuir de ses prisons
L'essaim frétillant de mes nourrissons.
Sur cette litière où je vous ai mis,
Mangez, grandissez, mes petits amis, *(bis)*
   Dans l'ordre où je vous ai mis,
Mangez, grandissez, mes petits amis,
   Mangez, mes petits amis.

4

J'étends en vos réduits proprets
Feuillage nouveau, moelleux, toujours frais;
Goûtez l'air si pur de ce gai séjour,
Croissez et muez pour filer un jour, *(bis)*
   Au sein de ce gai séjour,
Croissez et muez pour filer un jour,
   Croissez pour filer un jour !

5.

En vous s'amasse un doux trésor
Qui doit s'écouler en long filet d'or.
Dieu vous a donné pour cet art subtil
L'instinct du fileur, la soie et l'outil, *(bis)*
   Avec votre instinct subtil
Dieu vous a donné la soie et l'outil,
   L'instinct, la soie et l'outil.

6.

Eh quoi ! petits irrésolus,
Errants, inquiets, vous ne mangez plus !
Jà l'heure est venue où chaque ouvrier
Doit pour son labeur dresser l'atelier, *(bis)*
   Oui, l'heure où chaque ouvrier
Doit pour son labeur dresser l'atelier ;
   Fileurs, vite à l'atelier !

7.

A ces grands fils si bien tendus
Que j'aime à vous voir ourdir suspendus,
Ourdir savamment vos cocons serrés,
Couchette bien close où vous dormirez ! *(bis)*
   Ourdir vos cocons serrés ;
Couchette bien close où vous dormirez !
   Couchette où vous dormirez.

8.

Dans son palais qu'elle a construit,
La nymphe sommeille à l'ombre et sans bruit ;
Mais au jour marqué brisant son tombeau,
Le ver ressuscite, ailé, jeune et beau ; *(bis)*
   Le ver brise son tombeau,
Heureux de renaître, ailé, jeune et beau !
   Le ver renaît jeune et beau.

LES VERS A SOIE.

Paroles de M. Delcasso.

L'HONNEUR AVANT TOUT.

CANON A 3 PARTIES.

C. GLÆSER

LE PETIT CONSCRIT.

Imité de l'allemand par M. Delcasso.

M. M. 96 = ♩

Mélodie de Küken.

N° 45.

2.

Fier spahi, plus prompt que foudre,
Pour mettre un goum à l'envers, (*bis*)
Il te faut balles et poudre
Et fusil et revolvers.
 Gai conscrit, etc., etc.

3.

Il te faut au côté gauche
Ton grand sabre au fil tranchant, (*bis*)
Qui dans la bataille fauche,
Fauche, fauche en chevauchant.
 Gai conscrit, etc., etc.

4.

Dans la charge impétueuse,
Quand, docile aux éperons, (*bis*)
Ta cavale furieuse
Court au sein des escadrons,
 Gai conscrit, avec entrain,
 Vole, vole à ce refrain :
 Hop, hop, hop, etc.

MA CHAUMINE.

CANON A 3 PARTIES.

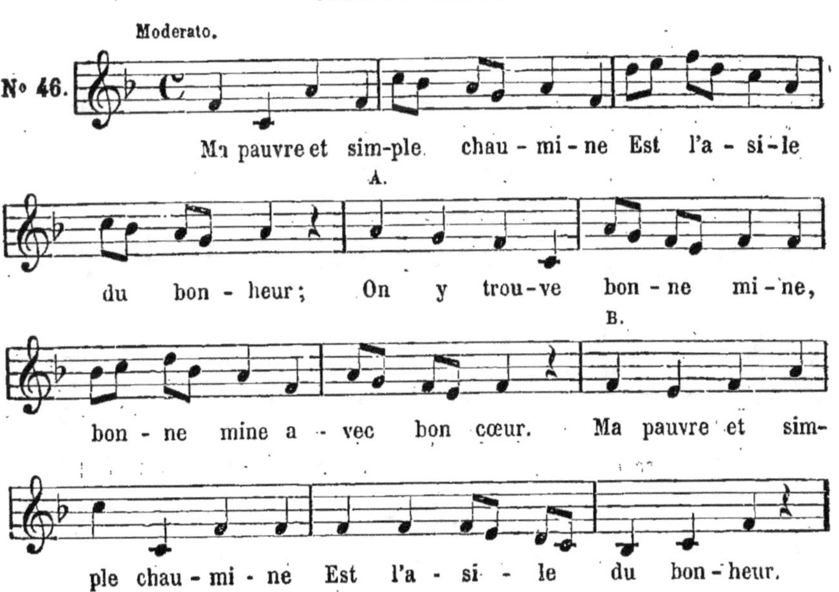

LE PETIT CONSCRIT.

Imité de l'allemand par M. Delcasso.

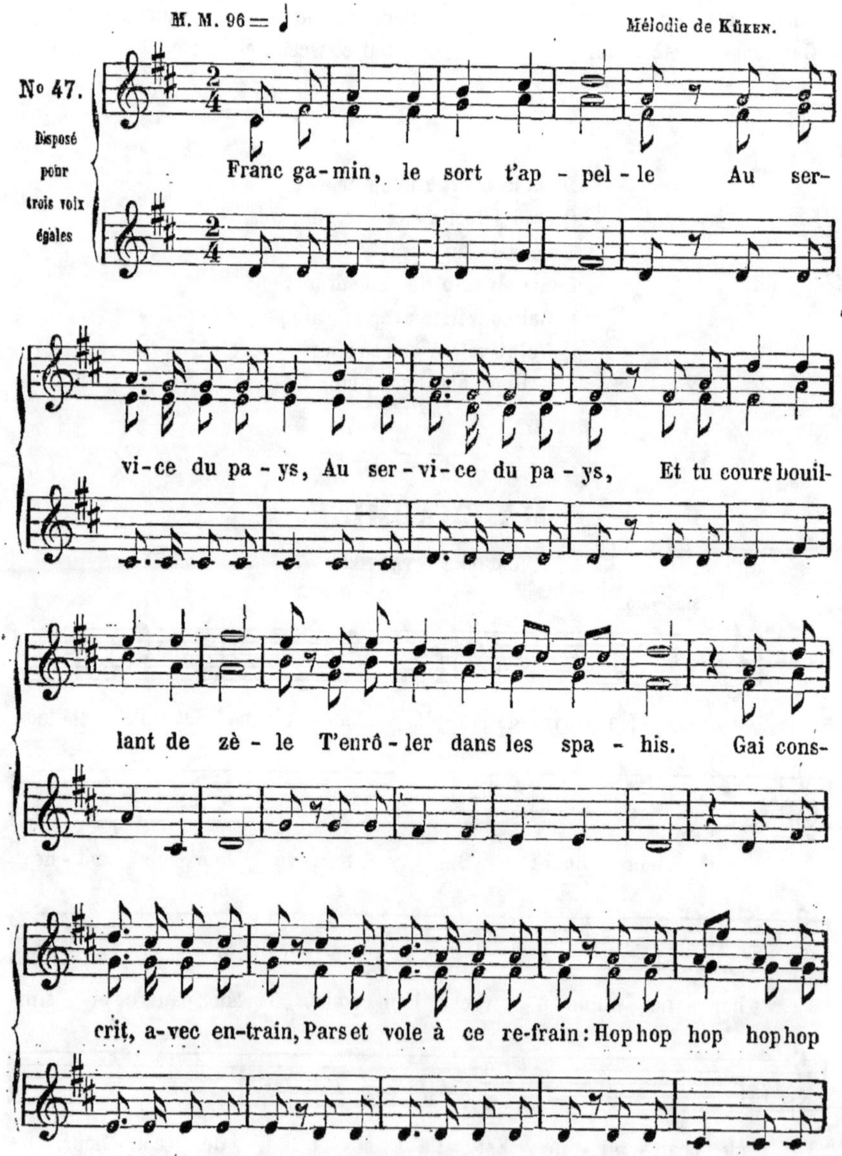

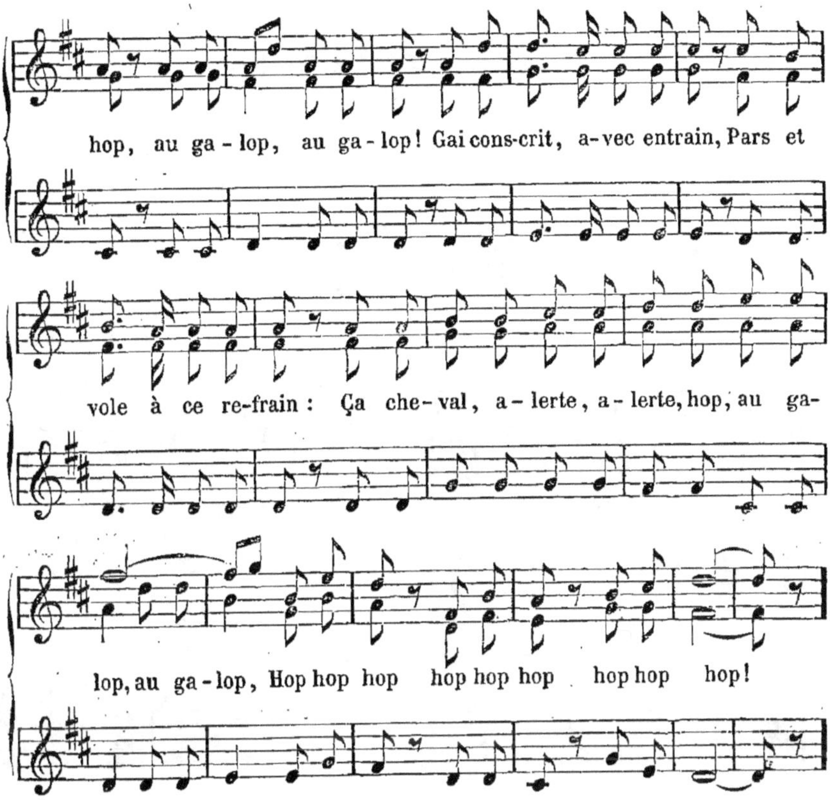

GRACES A DIEU.

CANON A 4 PARTIES.

L. E. Gebhardi.

N° 48.

RESTONS CHEZ NOUS!

Paroles de M. Delcasso.

2.

Monts et plaines, } *ter.*
Mers lointaines, }
Tribus africaines,
Cités américaines,
Monts et plaines,
Lois, mœurs et domaines
Des races humaines,
Tu veux donc tout voir,
Tout entendre et savoir,
Monts et plaines,
Mers lointaines,
Ami, tu veux donc tout voir,
Monts et plaines,
Mers lointaines,
Tout voir, entendre et savoir !

3.

France chère, } *ter.*
Douce mère, }
Mon cœur te préfère
A la rive étrangère.
France chère,
Terre hospitalière,
Que j'aime et révère,
Où, pauvre et vaillant,
Je vis en travaillant,
France chère,
Douce mère,
Chez toi, pauvre mais vaillant,
France chère,
Douce mère,
Je veux vivre en travaillant

JOIE ET SAGESSE.

CANON A 3 PARTIES.

RESTONS CHEZ NOUS!

Paroles de M. Delcasso.

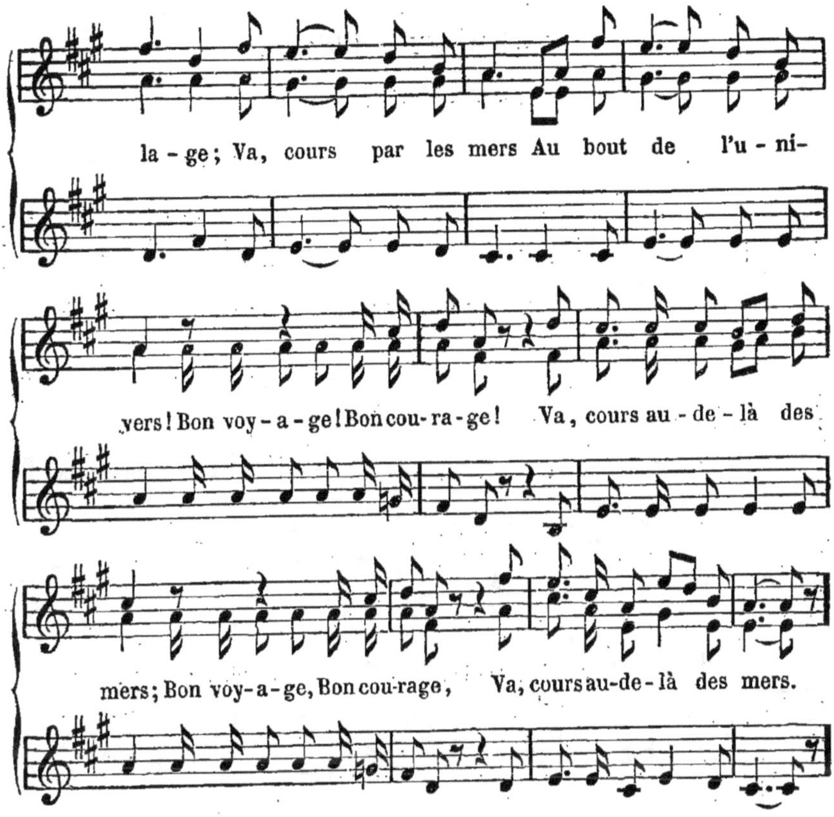

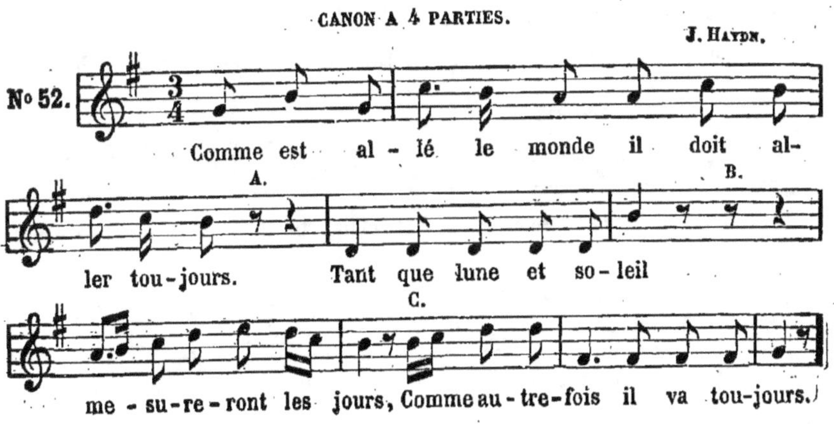

L'ORDRE DU MONDE.

CANON A 4 PARTIES.

J. HAYDN.

Nº 52.

LE HANNETON.

Paroles de M. Delcasso.

M. M. 80 = ♩

Mélodie de Cl. Jeanmougin.

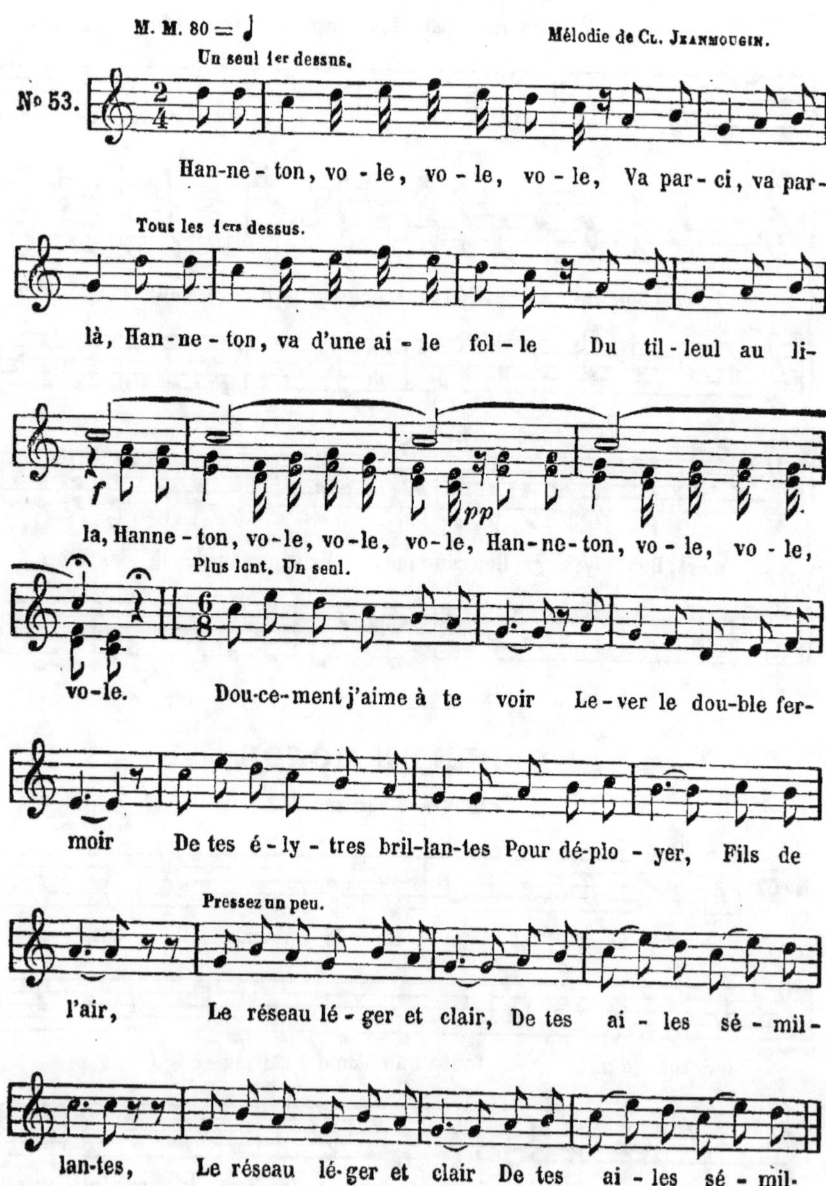

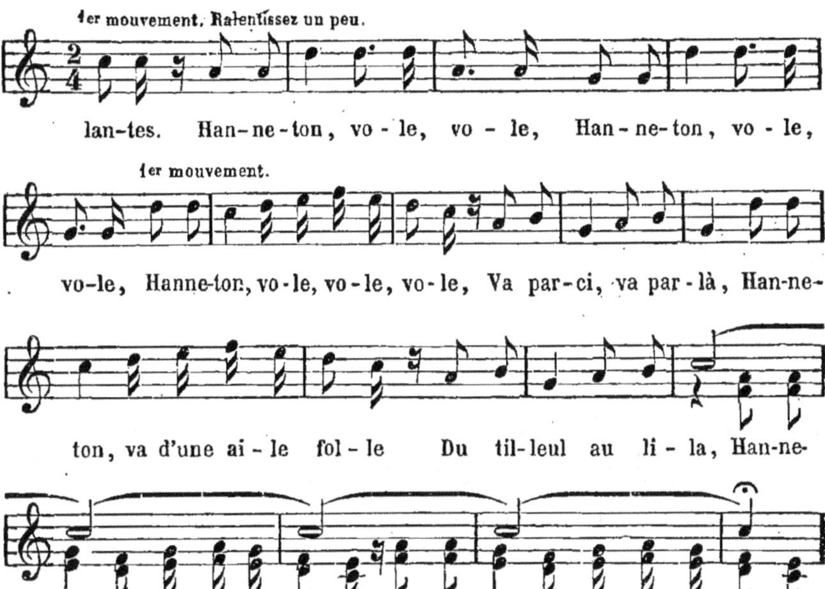

<table>
<tr><td>

2.

Hanneton vole, vole, vole,
  Va par-ci, va par-là,
Hanneton va d'une aile folle
  Du tilleul au lila
Lisse, lisse bien ton flanc
Bordé de noir et de blanc,
Et tes écailles polies,
Ton corselet, ton poitrail
Et le mobile éventail } *bis.*
De tes antennes jolies. }
Hanneton vole, vole, vole, etc.

</td><td>

3.

Hanneton vole, vole, vole,
  Va par-ci, va par-là,
Hanneton, va d'une aile folle
  Du tilleul au lila.
Ne crains pas, jeune étourdi,
Que j'attache un fil maudit
A ta patte si fragile;
Point ne veux te condamner,
Triste forçat, à tourner } *bis.*
Un moulinet indocile. }
Hanneton vole, vole, vole, etc.

</td></tr>
</table>

4.

Hanneton vole, vole, vole,
  Va par-ci, va par-là,
Hanneton, va d'une aile folle
  Du tilleul au lila.
Cherche au loin, pauvre affamé,
Ton repas accoutumé,
Aux pointes des tendres pousses;
Va, butine en liberté,
Ou dors en sécurité } *bis.*
Dans les feuilles et les mousses. }
Hanneton vole, vole, vole, etc.

LES FRANCS TIREURS.

Imite de l'allemand par M. Delcasso.

2.

Frères, c'est demain qu'on tire.
L'ennemi pourra nous dire
Si fusil et franc soldat
S'entendront dans le combat.
Tous deux, aux sons du tambour,
S'en iront au point du jour,
          A ce cri
          Bien nourri :
        Hourra, hourra !
        Les tireurs sont là !   } bis.
Oui, tireurs et tirailleurs sont là !)

3.

Au signal de la bataille,
Sans égard à la mitraille,
A travers feux et dangers,
Courons sus aux étrangers,
Et que tout tireur adroit
A son homme vise droit !
          A ce cri
          Bien nourri :
        Hourra, hourra !
        Les tireurs sont là !   } bis.
Oui, tireurs et tirailleurs sont là !)

4.

Puis, après lutte et victoire,
Entonnons des airs de gloire.
Citoyens, tressez des fleurs
Pour vos braves tirailleurs !
Et joignez vos chants joyeux
A ce cri victorieux,
          A ce cri
          Bien nourri :
        Hourra, hourra !
        Les tireurs sont là !   } bis.
Oui, tireurs et tirailleurs sont là !)

DIEU VEILLE SUR NOUS.

CANON A 3 PARTIES.

LES FRANCS TIREURS.

Imité de l'allemand par M. Delcasso.

LA CLOCHE DU MATIN.

CANON A 3 PARTIES.

POUR LA RÉCEPTION D'UN CURÉ.

Imité de l'allemand par M. Delcasso.

2.

En toi le hameau retrouve un autre père.
Ta voix le rassure, il respire, il espère :
Partout chants de joie et transports ! (*bis*)
Les cloches dans l'air sonnent ta bienvenue ;
Ta main, pour bénir, sur nos fronts étendue
Du ciel à grands flots verse tous les trésors, (*bis*)
Verse tous les trésors.
Salut à l'aimable pasteur
Qui chez nous vient au nom du Seigneur !
Viens, astre de paix, de bonheur !
Béni soit l'envoyé du Seigneur !
Béni l'envoyé du Seigneur,
Du Seigneur !

POUR LA RÉCEPTION D'UN CURÉ.

Imité de l'allemand par M. Delcasso.

cœurs ul - cé - rés tu gué - ris les bles - su - res. Le
pau - vre qui pleure est sur - tout ton a-
mi, est sur - tout ton a - mi. Le
pau - vre qui pleure est sur - tout ton a-

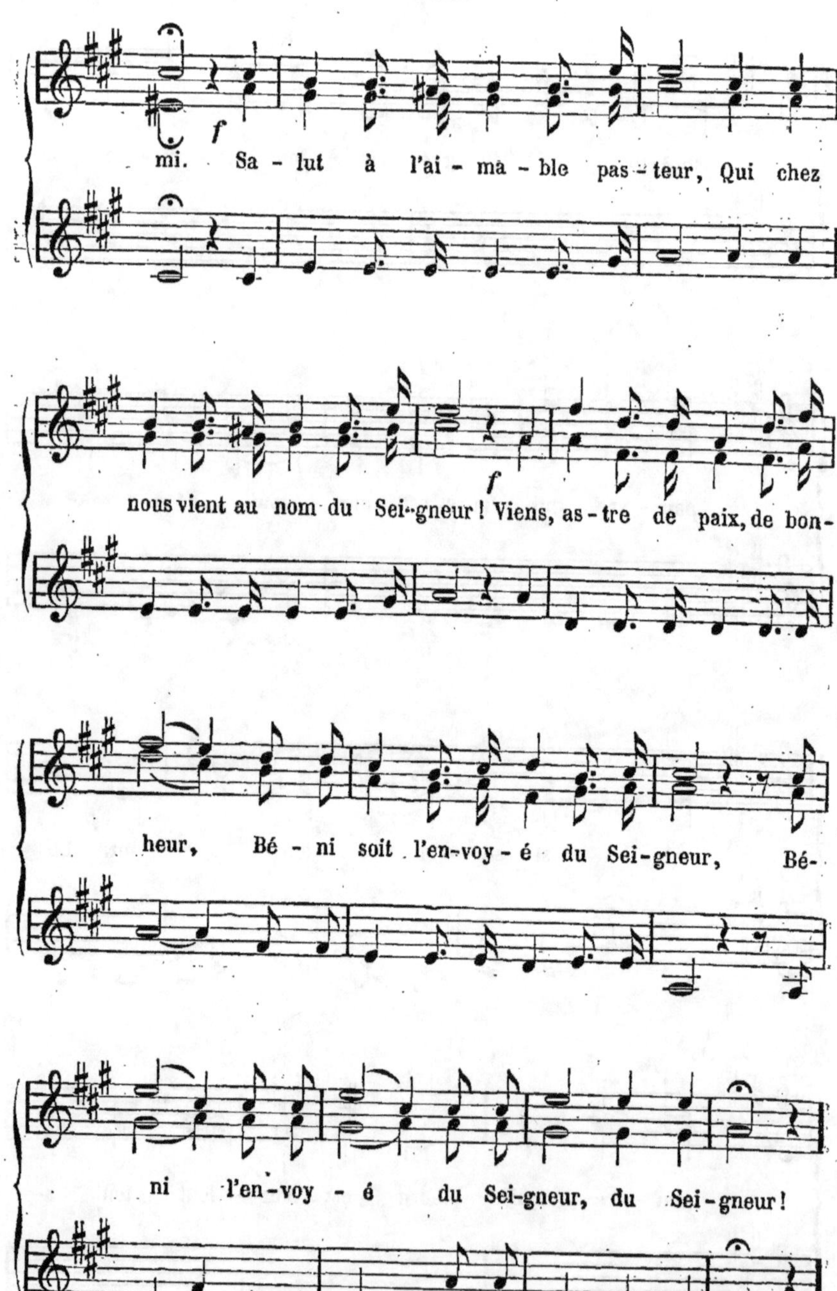
mi. Sa - lut à l'ai - ma - ble pas - teur, Qui chez
nous vient au nom du Sei-gneur ! Viens, as - tre de paix, de bonheur, Bé - ni soit l'en-voy - é du Sei-gneur, Bé-
ni l'en-voy - é du Sei-gneur, du Sei-gneur !
f
f

CHANT DES TONNELIERS.

Imité de l'allemand par M. Delcasso.

pan, nous cer - clons et chan - tons en ta-pant : Ra - ta
pan Nous cer - clons et chan-tons en ta-pant :
ff
pan pan ra - ta-pan pan ra - ta-pan pan ra-ta-pan ra-ta
pan pan pan pan pan ra - ta - pan
pan pan ra-ta-pan pan ra-ta - pan ra - ta-pan ra-ta-pan pan pan.
f
pan pan pan pan pan ra-ta-pan ra-ta-pan ra-ta-pan pan pan.

TABLE DES MATIÈRES

CONTENUES DANS LA PREMIÈRE PARTIE.

TABLE DES MATIÈRES

CONTENUES DANS LA DEUXIÈME PARTIE.

SUJETS RELIGIEUX.

SUJETS MORAUX.

NATURE CHAMPÊTRE.

OCCUPATIONS RUSTIQUES, CONDITIONS DE LA VIE.

CANONS.

Du même auteur : MESSE A 3 VOIX D'HOMMES.

STRASBOURG, TYPOGRAPHIE DE G. SILBERMANN.

www.ingramcontent.com/pod-product-compliance
Lightning Source LLC
Chambersburg PA
CBHW061750050726
47598CB00002B/675